MARQUIS DE BARONCELLI-JAVON

BABALI

NOUVELLO PROUVENÇALO

EMÉ LA TRADUCIOUN EN FRANCÉS

Prefaci per FREDERI MISTRAL

NOUVELLE PROVENÇALE

AVEC LA TRADUCTION FRANÇAISE

Préface par FRÉDÉRIC MISTRAL

A PARIS

Enco d'Anfos Lemerre

23-31, PASSAGE CHOISEUL

EN AVIGNOUN

Enco de Madamo Roumanille, 19, carriero de Sant-Agricò

M·DCCCC·X

BABALI

NOUVELLO PROUVENÇALO

La carriero di Rodo o di Tenchurié. — *La rue des Roues ou des Teinturiers.*

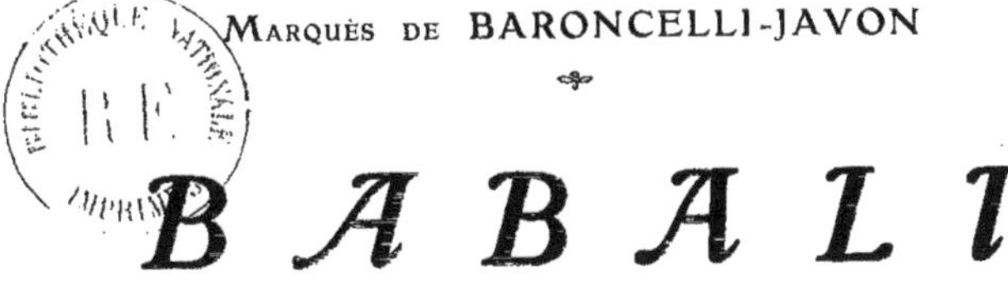

Marquès de BARONCELLI-JAVON

BABALI

NOUVELLO PROUVENÇALO
emé la traducioun en francès

33 ILLUSTRACIOUN QUE 8 SOUN DE REPROUDUCIOUN D'AQUARELLO INEDITO
DE MM. IVAN PRANISHNIKOFF, TEISSÈRE DE VALDRÔME, ROUX-RENARD, MORICE VIEL
E 4 LETRINO DE M. LOUIS OLLIER

Prefàci pèr FREDERI MISTRAL

En Camargo.

<table>
<tr><td align="center">A PARIS
ENCÒ D'ANFOS LEMERRE
23-31, passage Choiseul</td><td align="center">EN AVIGNOUN
ENCÒ DE MADAMO ROUMANILLE
Carriero de Sant-Agricò, 19</td></tr>
</table>

M · DCCCC · X

PREFÀCI

✣

PRÉFACE

au felibre Folcò

La Pervenco es uno flour bluio que se plais à
l'oumbrino, sus lou bord di Sourgueto: Babali es uno
Pervenco.

La Pervenco, simbèu de remembranço e d'idèau,
porto, en d'endré que i'a, lou noum de Prouvençalo:
Babali es uno Pervenco.

La Pervenco, n'en courounon l'atahus di vierginello.
Vaqui perqué la nomo, en quàuqui rode, piéucelage:
Babali es uno Pervenco.

F. Mistral

au félibre Folco

La Pervenche est une fleur bleue qui se plaît à l'ombrage, sur le bord des Sorguettes : Babali est une Pervenche.

La Pervenche, symbole de souvenir et d'idéal, porte, en certains endroits, le nom de Provençale : Babali est une Pervenche.

On couronne de Pervenche le cercueil des jeunes filles. et c'est pourquoi, en quelques lieux, on l'appelle fleur des vierges : Babali est une Pervenche.

F. M.

TEISSÈRE DE VALDRÔME

La carriero di Rodo o di Tenchurié. — *La rue des Roues ou des Teinturiers.*

BABALI

(Couleicioun de S. A. I. la Princesse Mathilde.)

I

u quartié di Rodo, en Avignoun, quau n'a pas ausi parla, pèr lis ancian, de la pauro Babali ? Èro tant bello emé sa palo caro d'Espagnolo, si grands iue negre e si sege an ! Lou matin, quand passavo long de la Sorgo souto li platano di Tenchurié, li veto de sa catalano blanco abandounado à l'auro, de tant qu'èro galanto l'aurias begudo.

Babali èro pauro e, coume lis àutri chato de sa coundicioun, travaiavo. De soun mestié èro broussarello d'indiano, d'aquelo indiano à flour e à ramage que nósti Prouvençalo se n'en fasien de fichu. Soun ataié eisisto encaro : s'atrovo abas dóu coustat di Penitènt-Gris, dins lou vièi oustau de la Tarasco. Aquéu caire d'Avignoun sémblo un nis d'amour e de pouësio emé lou murmur de soun aigo lindo e sèmpre tresananto i rùfi poutoun di gràndi rodo pesarudo, emé l'oumbro fousco de si vièis aubre e sis oustau à pichot pont e si gleiseto à paret daurado pèr lou téms e la souleiado, à clouquié desglesi, vuege

(Couleicioun de S. A. I. la Princesse Mathilde.)

I

u quartier des Roues, en Avignon, qui donc, n'a point
entendu les vieillards parler de la pauvre Babali ?
Elle était si belle avec son pâle visage d'Espagnole,
ses grands yeux noirs et ses seize ans ! Le matin,
quand elle longeait la Sorgue sous les platanes des
Teinturiers, les attaches de sa *catalane*[1] blanche
abandonnées au vent, on l'eût croquée, tant elle était gentille !

Babali était pauvre, et, comme les autres filles de sa condition,
travaillait. De son métier, elle était brosseuse d'indienne, de cette
indienne à fleurs et à ramages dont les Provençales se faisaient
des fichus. Son atelier existe encore : il se trouve là-bas, du côté
des Pénitents-Gris, dans la vieille maison de la Tarasque. Ce coin
d'Avignon est un vrai nid d'amour et de poésie, avec le murmure de
son eau limpide et toujours frissonnante aux rudes baisers des grandes roues[2], avec l'ombre épaisse de ses vieux arbres et ses maisons à
petits ponts, et ses chapelles aux murs dorés par le temps et le soleil,

de si campaneto d'argènt e qu'à travers li fèndo de si pèiro laisson
vèire lou blu dóu cèu : dirias que plouron soun passat e li Papo.

A la fabrico, sus tóuti si coumpagno, Babali èro la rèino autant
pèr sa bounta coume pèr sa bèuta. Lou mounde, rèn que de la vèire,
l'amavon. De si detoun de fado elo fasiè tóuti causo que ié plasien.
Entre lis indianarello, dins Avignoun, èro de forço la pus adrecho.
E' m'acó toujour èro countènto, toujour galoio e riserello : quau
noun l'aguèsse couneigudo aurié pouscu crèire qu'en risènt tant
souvènt avié ges d'autro idèio que de faire perleja si dènt de
Sarrasino.

Pèr jouga, o pèr courre, o pèr farandouleja èro de-longo la proumiero, emai pèr canta li nouvè dóu vièi Sabóli, li rigaudoun e li can-
soun d'amour, que l'afeciounavon mai que tout. D'à-geinoui davans
sa bacino, d'uno de si man blanco tenènt l'indiano au founs de l'aigo
que passavo en beisant sa pèu leno, de l'autro sarrant sa brosso,
quand se preniè à dire lou bèu « Cant de la Rèino Jano », o bèn
aquéu dóu « Papo Benezet », o bèn encaro « lou Mariage dóu Parpaioun », semblavo uno pichoto divo. Lis autro alor l'escoutavon,
m'uto e lis iue fissa sus si bouqueto roujo, coume s'aguèsse, dintre
soun courau, lusi un brèu.

Ero braveto Babali, braveto que noun se póu dire. Quand s'enanavo
souleto pèr carriero, li jouvènt d'Avignoun, qu'an l'iue catiéu, mai
d'uno fes, pèr cerca l'esluciado di siéu tant bèu, se reviravon, mai
de-bado, e tout-bèu-just s'à travers li parpello beissado à lóngui ciho
poudien vèire de la chatouno li vistoun negre en cremesoun.

Lis óubriero d'aquel age soun d'ourdinàri proun agarlandido.
Tambèn souvènti-fes, à l'ataié, lis àutri broussarello, pèr maniero de
galejado, se trufavon dóu biais crentous de Babali.

— Vai, se pòu dire, ié veniè Agueto de la Fustarié, se póu dire que
siés bravamen nèscio emé ta façoun de toujour regarda lou sòu. Te
responde que iéu, quand me sènte darriè 'n poulit moussu, me gèine
gaire pèr l'espincha ni pèr reçaupre sis uiado. Acò n'es pas pièi après
un tau pecatas !

— Mai vesès pas, apoundiè la pichoto Agustino, uno bloundeto de

La carriero de la Barioto. — *Rue de la Bariote (quartier des Roues.)*
(Couleicioun de Dono Jano de Flandreysy.)

aux clochers décrépits, vides de leurs clochettes d'argent, et qui laissent voir le bleu du ciel à travers les fentes de leurs pierres : on dirait qu'ils pleurent leur passé et les Papes.

A la fabrique, sur toutes ses compagnes, Babali était la reine, autant par sa bonté que par sa beauté ; rien que de la voir, on l'aimait. Ses doigts de fée faisaient tout ce qui lui plaisait. Parmi les ouvrières de l'indienne, en Avignon, elle était de beaucoup la plus adroite. Avec cela, toujours contente, toujours gaie et riante : qui ne l'aurait connue aurait pu croire qu'en riant aussi souvent, elle n'avait d'autre idée que de faire briller comme des perles ses dents de Mauresque.

Pour jouer, pour courir ou pour faire la farandole elle était toujours la première, comme aussi pour chanter les noëls du vieux Saboly, les rigodons et les chansons d'amour, qu'elle préférait à tout. A genoux devant sa cuvette, d'une de ses mains blanches, tenant l'indienne au fond de l'eau, qui passait en baisant sa peau fine, de l'autre serrant sa brosse, quand elle commençait à dire le beau « Chant de la reine Jeanne », ou bien celui du « Pape Benoît », ou bien encore « le Mariage du Papillon », elle avait l'air d'une petite déesse. Les autres alors l'écoutaient muettes et les yeux fixés sur ses lèvres rouges ; on eût dit qu'entre leur corail brillait un talisman.

Babali était sage, sage comme on ne peut le dire. Quand elle s'en allait toute seule dans les rues, les jeunes gens d'Avignon, aux yeux de feu, se retournaient plus d'une fois pour chercher le rayonnement de ses beaux yeux à elle, mais, sous les paupières baissées, à longs cils de la jeune fille, à peine pouvaient-ils entrevoir la flamme des prunelles noires.

Les ouvrières de cet âge ne sont ordinairement guère timides ; aussi combien de fois, à l'atelier, les autres brosseuses, en plaisantant, se moquaient-elles des façons craintives de Babali !

— Va, va, disait Agathe, de la Fusterie, il faut avouer que tu es bien innocente d'avoir ainsi toujours les yeux à terre ; je te réponds que moi, quand je me sens suivie d'un joli monsieur, je ne me gêne guère pour le regarder en-dessous ni pour recevoir ses œillades. Ce n'est pas, après tout, un si gros péché !

— Mais ne voyez-vous pas, reprenait la petite Augustine, une blon-

quinge an, que se vòu faire mourgo? Tè, quant jougas qu'avans un an siegue embarrado?

— Es pamens verai que res l'a jamai visto em'un jouvènt! Alor disié Nourado de la Bello-Crous, uno qu'avié de péu negre coume lou jai emé d'iue blu coume la mar. A toun age, ma pauro bello, acò me sèmblo pas de crèire. Enfin, siés proun grando pèr te gara dóu mau!

— Ato! cridavo Teresoun de la Bartalasso, vous l'ai bèn toujour di qu'èro pas de la merço dis amourouso : se l'èi jamai, iéu vau à Roumo sus lis alo d'un parpaioun!

— Anen, pichoto, alor renavo, entre dos preso de taba, la vièio Rousoun, qu'èro aqui pèr viha sus lou travai di chato. Coumprenès pas qu'à la perfin venès en òdi emé vòsti lengo de serp? Em'acò, que vous fan lis afaire de Babali? E, dóu tèms que bavardejas, vosto obro se fai souleto, parai? Ah! quand lou dise, que li chato de vuei valon pas dous liard!

E Babali entanterin, la tèsto revessado à l'arrié, la caro autant roujo que li gran d'uno mióugrano, lou piés reboumbelant coume uno erso de la, Babali, sènso respondre, risié coume uno folo.

Chato couifado emé la catalano.
Jeune fille coiffée de la catalane.

dine de quinze ans, ne voyez-vous pas qu'elle veut se faire nonne?
Tenez, que pariez-vous qu'avant un an elle soit enfermée?

— C'est pourtant vrai que personne ne l'a jamais vue avec un garçon, ajoutait alors Norade, de la Belle-Croix, une brune qui avait des
cheveux noirs comme le jais avec des yeux bleus comme la mer;
à ton âge, ma pauvre belle, cela ne me semble pas croyable..... Enfin,
tu es assez grande pour te garder du mal!

—Pardi, criait Théréson, de la Barthelasse, je vous l'ai bien toujours dit qu'elle n'était pas de l'espèce des amoureuses: si jamais elle
le devient, moi je m'en vais à Rome sur les ailes d'un papillon.

— Allons! petites, grognait alors, entre deux prises de tabac, la
vieille Rouson, qui était là pour veiller sur le travail des jeunes filles,
ne comprenez-vous pas qu'à la fin vous êtes insupportables avec vos
langues de serpent? Et puis, que vous importent les affaires de Babali?
et pendant que vous parlez votre travail se fait tout seul, n'est-ce pas?
Ah! quand je dis que les filles d'aujourd'hui ne valent pas un rouge
liard!

Et Babali, pendant ce temps, la tête renversée en arrière, le visage
aussi rouge que les grains d'une grenade, la poitrine soulevée comme
une vague de lait, Babali, sans répondre, riait comme une folle.

Uno Avignounenco.
Une Avignonnaise.

(Couleicioun de S. A. I. la Princesse Mathilde.)

II

'AQUÉU tèms, ansin que s'èi toujour fa, ansin que, Diéu merci, toujour se fara, li biòu courrien en Avignoun. Lis areno soulamen noun s'atrouva- von coume au-jour-d'uei en Bartalasso : èron foro bàrri, dins lou terraire, en s'enanant vers la Durènço.

Lou prougrès, valènt-à-dire, la destrucioun de tout ço que i'a de pintouresc e de bèu, n'avié pancaro ausa frusta nòsti vièis us toucant lis abrivado de brau negre : en res sarié vengu l'idèio d'aquéli gros càrri tant laid mounte encafournon aro, pèr nous lis adurre, li sóuvàgi banaru d'en Camargo. Li biòu venien sus si cambo, buta e diregi pèr si gardian à chivau. Quàuqui vilajoun urous an counserva jusqu'à vuei lou privilège dis abrivado : Diéu lou ié mantèngue sèmpre, que l'abrivado es uno di coustumo li mai curiouso, li mai óuriginalo, li mai acoulourido de Prouvènço.

(Couleicioun de S. A. I. la Princesse Mathilde.)

II

CETTE époque, ainsi que cela s'est toujours fait, ainsi que, Dieu merci, cela se fera toujours, les taureaux couraient en Avignon. Seulement les arènes ne se trouvaient point, comme aujourd'hui, en Barthelasse, elles étaient hors des remparts, dans les champs, du côté de la Durance.

Le progrès, autant vaut dire la destruction de tout ce qu'il y a de pittoresque et de beau, n'avait pas encore entamé nos vieux usages touchant les *abrivades*[3] de taureaux noirs. A personne ne serait venue l'idée de ces horribles chariots où l'on entasse maintenant, pour nous les amener, les sauvages habitants de la Camargue. Les bœufs arrivaient sur leurs jambes, poussés et dirigés par leurs gardiens à cheval. Quelques villages heureux ont conservé jusqu'à ce jour le privilège des *abrivades*. Dieu le leur garde toujours, car la poursuite des taureaux est une des coutumes les plus curieuses, les plus originales, les plus colorées de Provence.

Autri-fes dounc, quand i'avié 'no courso en Avignoun, ço que toumbavo quasimen toujour lou dimenche, es en liberta qu'arribavon li bìou, quouro lou dissate un pau avans soulèu tremount, quouro dins la niue dóu dissate au dimenche. Lis Avignounen acò noun se demando, amavon miéus l'arribado de jour; li gardian, éli, aquelo de niue, pèr ço qu'ansin èron desbarrassa de l'espèro qu'à la Durènço i'anavon faire, mounta sus de Camarguen e lou ferre à la man, li jouvènt de la vilo : aquelo espèro, souvènti-fes, n'èro qu'un pretèste à faire escapa e fugi de tout caire li bìou entahina, pèr agué pièi lou plesi de lis acousseja à travers terro e palun : e contro acò Moussu lou Maire avié bèl à faire aficha sus tóuti li bàrri e à tóuti li porto que, se tourna recoumençavon, pèr toujour li courso èron finido.

Li bìou venien quouro d'uno manado, quouro d'uno autro.

Uno annado se capitè qu'un riche meinagié de Sèuvo-Riau, prouprietàri de sièis-cènt brau, arrendè lis areno avignounenco pèr tout l'estivage. Aquel ome èro l'ouncle d'uno dis óubriero qu'emé Babali travaiavon à l'indiano, d'Agustino la bloundo. Devès pensa quento boulegado i'aguè à la fabrico lou jour que talo novo espeliguè.

— N'en mancaren pas uno, mi bello, venié Agustino ; e, boutas, saren plaçado coume se dèu !

Un matin la chato adugué 'no letro de Sèuvo-Riau. Aqui-dedins ié disien que si cousin éli-meme, tres bèu droùlas, menarien li bìou de tóuti li courso. Esperavon bèn que, quàuqui-fes, aquéli damisello ié vendrien à l'espèro e qu'aurien lou plesi de li prene en groupo de tèms en tèms. L'estrambord, aquéu jour, fuguè à noun plus, e li vièii muraio de la Tarasco un moumen pensèron toumba, tant li rire clar di chatouneto lis esbrandèron.

— E tu, à Babali diguèron, vendras au mens ?
— Perdi ! se vendrai : sabès bèn qu'ame lis abrivado mai-que-mai !

— Ames lis abrivado, Agustino faguè, mai ames gaire li jouvènt, e ve, se vos agrada à mi cousin, te prevène, as pas besoun de faire la

IVAN PRANISHNIKOFF

Gardian camarguen quiha sus uno mountiho. — *Gardian camarguais au sommet d'une dune.*

(Couleicioun de Dono Ivan Pranishnikoff.)

Autrefois, donc, quand il y avait une course en Avignon, ce qui tombait presque toujours le dimanche, c'est en liberté qu'arrivaient les taureaux, tantôt le samedi, un peu avant le coucher du soleil, tantôt dans la nuit du samedi au dimanche. Les gens d'Avignon, cela ne se demande pas, aimaient mieux l'arrivée de jour ; les gardiens, eux, celle de nuit, qui les débarrassait de la réception que, montés sur des chevaux camarguais et le trident à la main, leur faisaient, à la Durance, les jeunes gens de la ville. Cette réception n'était, le plus souvent, qu'un prétexte à faire échapper les taureaux agacés, pour avoir ensuite le plaisir de les poursuivre à travers terres et marais. Et contre cet abus, Monsieur le Maire perdait sa peine à faire afficher sur tous les remparts et à toutes les portes « que les courses seraient à jamais finies, si l'on s'avisait de recommencer ».

Les taureaux venaient tantôt d'une *manade*, tantôt d'une autre.

Il arriva qu'une année un riche agriculteur de Silve-Réal, propriétaire de six cents bœufs, afferma les arènes avignonnaises pour toute la saison d'été. Cet homme était justement l'oncle d'une des ouvrières qui travaillaient à l'indienne avec Babali, de la blonde Augustine. Je vous laisse à penser le remue-ménage qui se fit à la fabrique le jour où l'on apprit cette nouvelle.

— Nous n'en manquerons pas une, mes belles, disait Augustine, et, soyez tranquilles, nous serons bien placées !

Un matin, la fillette apporta une lettre de Silve-Réal ; on y disait que ses cousins eux-mêmes, trois beaux garçons, amèneraient les taureaux de toutes les courses ; ils espéraient bien que, quelquefois, ces demoiselles viendraient à leur rencontre, et qu'ils auraient le plaisir de les prendre en croupe de temps en temps. L'enthousiasme fut à son comble ce jour-là, et les vieilles murailles de la Tarasque pensèrent tomber, ébranlées un moment par les éclats de rire des fillettes.

— Et toi, Babali, dirent-elles, viendras-tu au moins ?

— Pardi, si je viendrai ! vous savez bien que j'aime les *abrivades* à la folie !

— Tu aimes les *abrivades*, fit Augustine, mais tu n'aimes pas les garçons ; et vois, si tu veux plaire à mes cousins, je te préviens, tu

fougnarello o la crentouso. Acò 's de drole qu'en vivènt de-longo emé
si brau se soun gaire acoustuma i façoun, coumprenes ?.....

Oh ! boudiéu ! pièi reprenguè, aquest an n'en veiren d'escapado :
mi cousin soun jouine e si chivau an bòni cambo, e pièi, vès,
estimon pas trop camina la niue : soun d'aucèu de jour, éli, coume,
l'autre an, quand, pèr Pasco, fuguère à soun mas, me disié
Varadet.....

— Varadet ! faguè Babali, e sa brosso que tenié toujour, pèr un
istant, esquihè au founs de l'aigo.

— Varadet, repetè Agustino. Ei l'einat de moun ouncle. Lou cou-
nèisses ?

— Oh ! noun, diguè Babali ; e reprenguèsoun escoubeto.

— Aquéu Varadet, vous disiéu, countinuè Agustino, a 'no pòu de
camina la niue qu'es pas de crèire. E pamens èi courajous. Dis qu'acò,
dins éu, es coume un pressentimen, que, se jamai de si biòu i'arribo
quaucarèn, sara la niue.

Pendènt tres o quatre jour à la fabrico parlèron que de biòu, de
pinedo e de gardian.

n'as pas besoin de faire la boudeuse et la craintive. En vivant toujours avec leurs taureaux, ils ne sont guère accoutumés aux façons, tu comprends ?.....

— Oh! *boudiéu!* reprit-elle ensuite, nous en verrons, cette année, des escapades! mes cousins sont jeunes et leurs chevaux ont de bonnes jambes, et puis, voyez, ils n'aiment pas trop marcher la nuit : ce sont des oiseaux de jour, eux, comme l'autre année, quand je fus pour Pâques à leur mas, me disait Varadet.....

— Varadet! fit Babali; et sa brosse qu'elle tenait toujours glissa pour un moment au fond de l'eau.

— Varadet, répéta Augustine, c'est l'aîné de mon oncle; tu le connais?

— Oh! non, dit Babali; et elle reprit sa brosse.

— Ce Varadet, continua Augustine, je vous disais qu'il a une peur de cheminer la nuit! ce n'est pas croyable : il est pourtant courageux; il dit que cela, c'est en lui comme un pressentiment, que, s'il lui arrive jamais quelque malheur avec ses taureaux, ce sera la nuit.

Pendant trois ou quatre jours à la fabrique on ne parla que de taureaux, de *pinèdes* et de gardiens.

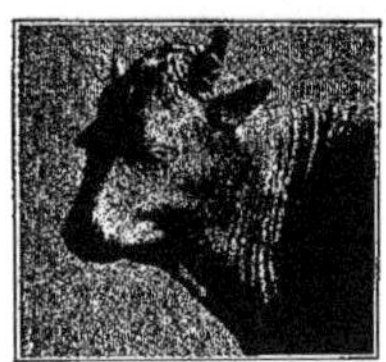

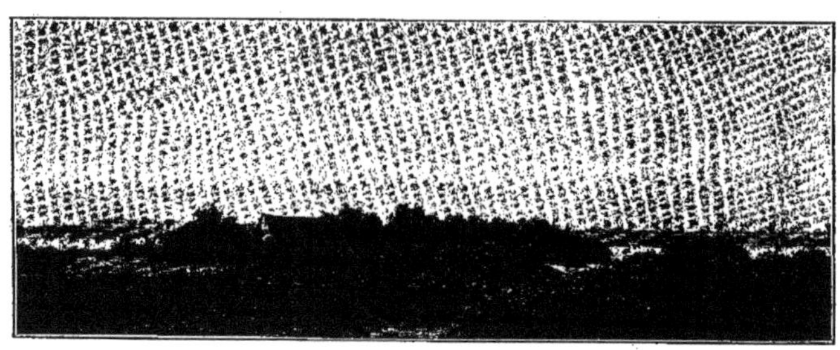

Cabano de gardian en Camargo. — *Cabane de gardian en Camargue.*
(Couleicioun de Dono Ivan Pranishnikoff.)

III

RO lou dilun de Pasco que li courso devien coumença. Agustino, avertido, sabié que lou dissate de-vèspre, apereiça sus li cinq ouro, dóu coustat de la barco à traio de Barbentano, li biòu banejarien darrié Durènço.

Li broussarello, aquéu jour, à quatre ouro èron sourtido e, coume un vòu d'aucèu, amoulounado dins uno jardiniero, charrant e cantant, s'ena-navon vers la Durènço. Avien pas trop pòu li chatouno ; voulien vèire li biòu sus lou bout dóu mourre, aguènt fisanço que, s'aquésti assajavon de manda li bano, un cop de ferre n'i'aurié lèu gara touto envejo. Au rode de la barco à traio atrou-vèron uno vinteno de droulas que sus si blanc chivau boumbissien d'impaciènci.

E quint fuguè pas l'estrambord de tout acò, quand s'entendeguè

IVAN PRANISHNIKOFF
Uno jasso en Camargo. — *Une bergerie en Camargue.*
(Couleicioun de Dono Ivan Pranishnikoff.)

III

'ÉTAIT le lundi de Pâques que les courses devaient commencer. Augustine, avertie, savait que le samedi soir vers cinq heures, du côté du bac de Barbentane, les taureaux montreraient leurs cornes de l'autre côté de la Durance.

Les ouvrières, ce jour-là, dès quatre heures, étaient sorties et, comme un vol d'oiseaux, entassées dans un char à bancs, elles babillaient et chantaient en s'en allant vers la Durance. Elles n'avaient pas trop peur, les fillettes; elles voulaient voir les taureaux sur le bout du nez, sachant bien que, s'ils s'avisaient de baisser les cornes, un coup de trident leur en ôterait bien vite l'envie. Au quartier du bac elles trouvèrent une vingtaine de grands garçons qui, sur leurs blancs chevaux, bondissaient d'impatience.

Et quel ne fut pas leur enthousiasme quand au loin se fit entendre

peralin lou dindin d'uno esquerlo : èro la sounaio dóu biòu doumtaire.
Bèn lèu à l'autro ribo, virant uno tousco de tamarisso, apareiguè la
pichoto manado : sèt brau negre amouchouna lis un contro lis autre,
li bano en l'èr coume li lanço d'uno armado e fasènt voula à
soun entour, de si pèd fourcu, la sablo fino. Li tres brun cousin
d'Agustino, encavala dins si sello gardiano sus d'ego pu blanco que la
sau de Camargo, à lòngui co, à creniero avuglanto e vierge dóu cisèu,
li sarravon de proche ; d'uno man tenien fourtamen li dos brido de si
chivau, de l'autro dreissavon en l'èr si ferre à triplo pouncho. Si grand
fèutre gris abeissa sus lis iue mascovon encaro si carage. Lou rouge
de si taiolo esbrihaudavo au soulèu. Quand li pèd sènso ferre de si
cavalo coumencèron de s'enfounsa dins la sablo umido dóu ribage,
arrestèron la manado. Dous d'entre éli s'aplantèron davans li biòu ;
lou tresen d'un cop d'esperoun meteguè sa bèstio au galop ; intrè dins
lou lié, secarous à-n-aquèu moumen, de la Durènço retirado ; s'avancè
jusqu'à soun mitan. Aquito uno aigo lindo e cascalejanto ié coupè lou
camin. De l'autre bord, li chato de l'indiano fasien voula si moucadou
dintre li veto agitado de si catalano.

— Hòu ! cridè lou gardian en s'aubourant sus sis estriéu i cavalié
qu'atendien, se póu-ti passa l'aigo en aquèste endré sènso trop risca
de se bagna pus aut qu'à la taiolo ?

— Si ! poudès passa, respoundeguèron ; la Durènço èi raramen
tant basso coume au-jour-d'uei. En anant plan di toumple, aurés belèu
pas d'aigo enjusqu'i vèntre de vòsti chivau.

— Alor passe ! e se revirant vers si fraire : Vous espère de l'autro
man..... Butè sa cavalo en cridant : Dau, Aladino ! e la bèstio
trempè dins l'aigo si cambo primo.

Agustino avié recouneigu Varadet e li moucadou que pu fort s'en-
voulavon.

— Diéu ! venguè Agueto, a l'èr bèn planta, sabès ! Que, Gustino,
quant a d'an toun cousin ?

— Vint an, ma bello.

— Ei brun ! diguè Nourado.

— A pas l'èr de dourmi, apoundeguè Teresoun.

IVAN PRANISHNIKOFF

Manado de rosso en Camargo. — *Manade de chevaux camarguais.*
(Couleicioun de Dono Ivan Pranishnikoff.)

le tintement d'une clochette ! C'était la sonnaille du bœuf dompteur. A l'autre rive bientôt, tournant une touffe de tamarins, apparut là petite manade : sept taureaux noirs, serrés les uns contre les autres, les cornes en l'air comme les lances d'une armée, et faisant voler autour d'eux le sable fin sous leurs pieds fourchus. Les trois bruns cousins d'Augustine, enfoncés dans leurs selles gardiennes sur des cavales plus blanches que le sel de la Camargue, à longue queué, à crinières aveuglantes et vierges du ciseau, les serraient de près ; d'une main, ils tenaient fortement les deux brides de leurs chevaux, de l'autre, ils dressaient en l'air leurs fers à triple pointe. Leurs grands feutres gris abaissés sur les yeux cachaient encore leurs visages. Le rouge de leurs *taiolles* brillait au soleil. Quand les pieds sans fers de leurs juments commencèrent à s'enfoncer dans le sable humide du rivage, ils arrêtèrent la manade. Deux d'entre eux se plantèrent devant les taureaux ; le troisième, d'un coup d'éperon, mit sa bête au galop, entra dans le lit, à sec en ce moment, de la Durance retirée et s'avança jusqu'au milieu ; là une eau claire et gazouillante lui coupa le chemin ; à l'autre bord, les ouvrières de l'indienne faisaient voltiger leurs mouchoirs entre les attaches flottantes de leurs *catalanes*.

—Holà ! cria le gardien en se dressant sur ses étriers, aux cavaliers qui attendaient, peut-on passer l'eau en cet endroit sans trop risquer de se mouiller plus haut que la *taiolle ?*

— Oui, vous pouvez passer, répondirent-ils ; la Durance est rarement aussi basse qu'aujourd'hui. En prenant garde aux gouffres, vous n'aurez peut-être pas d'eau jusqu'au ventre de vos chevaux.

— Alors, je passe ! Et se tournant vers ses frères : Je vous attends de l'autre côté... Il poussa sa jument en criant : Hop ! Aladine ; et la bête trempa dans l'eau ses fines jambes.

Augustine avait reconnu Varadet, et les mouchoirs volaient encore plus fort.

— Dieu ! fit Agathe, il a l'air bien planté, vous savez ! Dis, Augustine, quel âge a-t-il, ton cousin ?

— Vingt ans, ma belle.

— Il est brun ! fit Norade.

— Il n'a pas l'air de dormir, ajouta Théréson.

Lou jouvènt enterin avié passa la Durènço, e soun ego, sourtènt de l'aigo, tout-bèu-just escalavo lou bord. S'avancè de la jardiniero di chato.

— Bon-jour, Agustino, fagué, soun fèutre à la man, si chevu negre à l'auro; bon-jour, mi damisello!

Sènso davala de sa bèstio embrassè sa cousino, prenguè li maneto dis autro. Babàli, qu'èro au founs de la jardiniero, en darrié ié pourgiguè la siéuno.

S'anè planta à quàuqui pas d'aqui, au mitan di jouvènt d'Avignoun, e faguè signe à si fraire de metre la manado à l'aigo.

Varadet veritablamen èro un bèu drole, grand e bèn fa, emé la caro brulado dóu soulèu, ço qu'i jouvènt de Prouvènço vai toujour bèn. En esperant li biòu caressavo sa cavaloto : « Aladino, disié, au jour-d'uei, as bèn travaia. » La bèstio, coume se coumprenié, viravo lou mourre pèr regarda soun mèstre. Lou péu de si cambo e de sa peitrino leissavo regoula 'ncaro de degout d'aigo; à si flanc acoustuma i pougneduro, lis esperoun de Varadet avien mes dos taco cremesino; sa crèniero au boufa de l'auro s'enmesclavo emé lou seden de cren que l'encaussanavo; sa co bagnado toucavo la terro; e si bato roso, lavado pèr lou courrènt, brihavon sus la sablo.

Li biòu aguèron lèu travessa : tèsto bèissado, boumbiguèron sus la ribo. Li cavalié tout-d'un-tèms lis envirounéron. Quàuqui minuto s'entendeguè lou brut di ferre clacant sus l'os au founs di narro negro. Pièi subran la troupo, au grand galop, coume un revoulun quitè la Durènço.

Varadet que, d'abord, avié segui l'abrivado, n'abandounè lèu lou gouvèr à si fraire e, au pichot trot de sa cavalo, revenguè vers lis Avignounenco; à lesi s'enanavon vers lis areno : voulien vèire embarra li biòu.

— Agustino, faguè lou gardian, te vau prene en groupo; aquidarrié seguiren tis amigo.

La jardiniero s'arrestè. Un cop sa cousino istalado e lis autro repartido, lou jouvènt faguè :

Lou biòu *Prouvènço* de la Manado dóu Marqués de Baroncelli-Javon. — *Le taureau* Prouvenço *de la Manade du Marquis de Baroncelli-Javon.*

Le jeune homme, pendant ce temps, avait passé la Durance, et sa jument, sortant de l'eau, arrivait à peine sur le bord. Il s'approcha du char-à-bancs des fillettes.

— Bonjour, Augustine, fit-il, son feutre à la main, ses cheveux noirs au vent, bonjour, mesdemoiselles.

Sans descendre de sa bête, il embrassa sa cousine et prit la petite main des autres ; Babali qui était au fond du char-à-bancs, la dernière lui tendit la sienne.

Il alla se planter à quelques pas de là au milieu des jeunes gens d'Avignon, et fit signe à ses frères de mettre la manade à l'eau.

Varadet était véritablement un beau garçon, grand et bien fait, avec la chair brûlée du soleil, ce qui va toujours bien aux jeunes gens de Provence. En attendant les taureaux, il caressait sa jument : « Aladine, disait-il, aujourd'hui tu as bien travaillé ! » La bête, comme si elle comprenait, tournait la tête pour regarder son maître. Les poils de ses jambes et de sa poitrine laissaient encore rouler des gouttes d'eau ; à ses flancs, accoutumés aux piqûres, les éperons de Varadet avaient mis deux taches cramoisies ; sa crinière au souffle du vent s'entremêlait avec la corde de crin qui lui entourait le cou ; sa queue mouillée touchait la terre, et ses sabots roses, lavés par le courant, brillaient sur le sable.

Les taureaux eurent bientôt traversé ; tête baissée, ils bondirent sur la rive. Les cavaliers tout de suite les environnèrent. Pendant quelques minutes on entendit le bruit des tridents claquant sur l'os au fond des naseaux noirs ; puis, tout d'un coup, la troupe au grand galop, comme un tourbillon, quitta la Durance.

Varadet, qui d'abord avait suivi l'*abrivade*, en abandonna bientôt la conduite à ses frères et revint vers les Avignonnaises au petit trot de sa cavale. Doucement elles s'en allaient vers les arènes : elles voulaient voir enfermer les taureaux.

— Augustine, dit le gardien, je vais te prendre en croupe ; là derrière nous suivrons tes amies.

Le char-à-bancs s'arrêta. Une fois sa cousine installée et les autres reparties, le jeune homme fit :

— Digo-me 'n pau quento es aquelo tant bruno emai tant palo qu'en darrié m'a baia sa maneto.

— Bruno e palo, acò 's Babali, Babali de la carriero di Tenchurié... Pèr-de-que?

Lou drole d'uno passado mutè rèn.

— Iéu la counèisse aquelo chato, pièi reprenguè, la veguère au mes d'avoust de l'an passa à la ferrado dóu Mas Blanc. I'ères pas tu, Agustino..... Elo i'èro; e meme, davans la carreto que la pourtavo, iéu ai debana sèt ternen..... I'an degu dire moun noum, tout segur.

— Noun sai, respoundeguè Agustino, m'a di que te couneissié pas.

Èron arriba is areno. Li broussarello, deja aqui, risien coume de folo, e Babali mai que lis autro. Lou grand pourtau èro badiéu. Quatre o cinq cop, la troupo di cavaucaire, sènso poudé vira li biòu, à founs de trin, dins un nivoulas de pòusso, fusè davans. Uno butado mai arderouso que lis autro finiguè pamens pèr doumta la bouvino que, coume un tron, s'encafournè dedins lou round.

Chato couifado à la cravato
Jeune fille portant la cravate.

— Dis-moi un peu quelle est cette jeune fille si brune et si pâle qui la dernière m'a tendu la main?

— Brune et pâle? c'est Babali, Babali de la rue des Teinturiers..... Pourquoi?.....

Le garçon d'un moment ne dit rien.

— Je la connais, moi, cette fille, reprit-il ensuite: je l'ai vue au mois d'août de l'an dernier, à la ferrade du Mas Blanc. Tu n'y étais pas toi, Augustine..... Elle y était, elle; et même, devant la charrette qui la portait j'ai jeté, cornes en terre, sept taureaux de trois ans..... Oh! je m'en souviens! On a dû lui dire mon nom, bien sûr.

— Je ne sais, répondit Augustine, elle m'a dit qu'elle ne te connaissait pas.

Ils étaient arrivés aux arènes. Les ouvrières y étaient déjà, elles riaient comme des folles, et Babali plus que les autres. Le grand portail était ouvert. Quatre ou cinq fois, la troupe des cavaliers à fond de train, dans un nuage de poussière, passa devant sans pouvoir faire tourner les taureaux. Une poussée plus vigoureuse que les autres finit cependant par dompter la troupe, et comme un tonnerre elle s'engouffra dans le rond.

Chato couifado au riban.
Jeune fille portant le ruban.

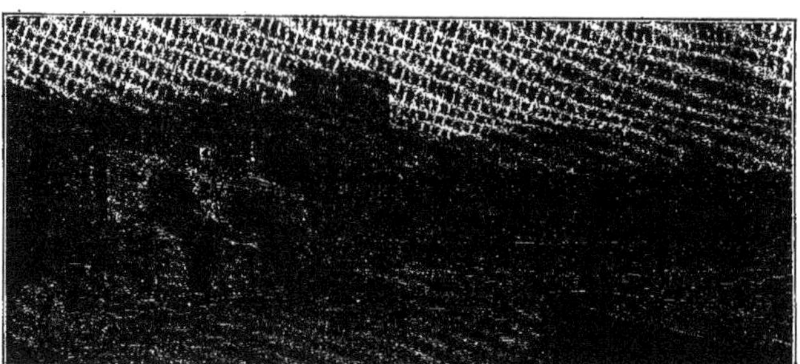

(Couleicioun de Dono Bonaparte-Wyse.)

IV

QUELO abrivado pèr lis óubriero fuguè seguido de
bèn d'autro. De dissate emai de dissate revenguè-
ron vers la Durènço à l'espèro di tres jouvènt;
éli, darrié si sello, toujour prenien quauco chatouno. Escarrabihado e riserello coume èron, acò
fasié de tóuti lou bonur.

I'avié que Babali, Babali la crentouso, que delongo refusavo la
groupo blanco di Camarguen.

Varadet, subre-tout, la pregavo.

— Oh! riscarès rèn, Babali, ié venié; emé iéu, boutas, riscarés rèn...
Leissaren passa lis autre, se voulès, pièi anaren au pichot pas de
l'ego: èi tant bravo Aladino: jamai s'encabro! Lou sabès bèn? Anen,
venès !

Alor prenié la maneto de Babali; mais elo, en risènt, la tiravo
d'aquéli brulanto dóu gardian.

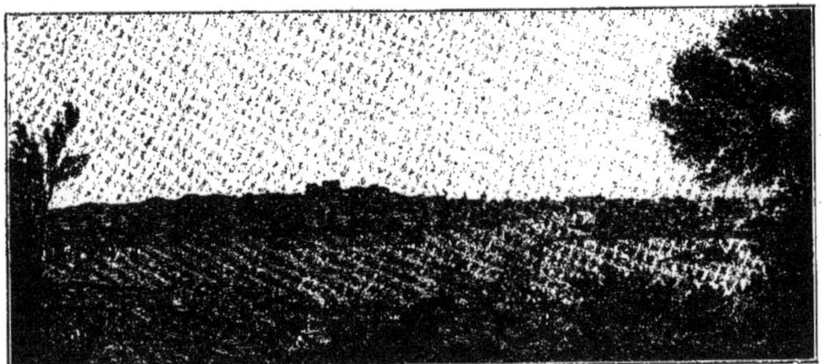

(Couleicioun de Dono Bonaparte-Wyse.)

V I

ETTE *abrivade* fut suivie de bien d'autres pour les ouvrières. Plus d'une fois le samedi elles revinrent vers la Durance à la rencontre des trois jeunes gens. Eux prenaient toujours quelque fillette derrière leur selle ; éveillées et rieuses comme elles étaient, cela faisait leur bonheur à toutes.

Il n'y avait que Babali, Babali la timide, qui toujours refusait la croupe blanche des camarguais.

Varadet surtout la priait.

— Oh ! vous ne risquerez rien, Babali, lui disait-il ; avec moi, soyez tranquille, vous ne risquerez rien..... Nous laisserons passer les autres, si vous voulez, puis nous irons au petit pas de la jument : elle est si sage, Aladine, jamais elle ne se cabre ! vous le savez bien ? Allons, venez !

Alors il prenait la petite main de Babali, mais elle, en riant, la retirait des mains brûlantes du gardien.

— Noun, noun, fasié, ai trop pòu! Lou bon Diéu me lou deman-
darié, que i'anariéu pas; leissas-me tranquilo: eici siéu miés qu'en-
liò.

— Oh! d'aquelo Babali, disien lis autro, qu'èi bèstio!

E se murmuravon à l'auriho:

— Vai, n'es pas de l'ego qu'a pòu... D'aquelo sóuvajo!

Vers lou mitan de juliet li courso s'arrestèron.

— Vendren pus que pèr Nosto-Damo d'Avoust, un jour faguèron li
gardian, e, pèr aquelo fes, maugrat que nous amuse gaire, caminaren
la niue. Lou quatorge fan courre à Sant-Savournin. Prendren
ensèmble li dos courso: en passant, lou matin, embarraren aquelo
d'Avignoun e, se Diéu lou vòu, à miejour li biòu de Sant-Savournin
saran dedins!

A la coumençanco d'avoust faguè que plóure.

Dins la niue dóu trege au quatorge i'aguè 'no chavano terriblo.

Li broussarello, aquéu matin, se diguèron en se vesènt à la Tarasco:

— Se soun degu bagna, li gardian!

— Hòu! venguè Agustino, vous inquietés pas d'éli: counèisson acò,
boutas!

— Moun Diéu! moun Diéu! tuio-la, Agueto, tuio-la! tout-d'un-cop
faguè Babali, tourna-mai d'àgeinoui davans sa bacino, en moustrant
de soun det fin uno aragnasso negro e orro que, sus la tèsto d'Agueto,
escaladavo la muraio. Tuio-la! vite, tuio-la!

— E de qu'as pòu? venguè Agueto, creses pas belèu que te vague
manja? D'abord, ié passariéu proumiero, dóu moumen que ié siéu tout
contro... Ah! coumprene! pièi diguè quand la bèstio fuguè 'scrachado:
aragno de matin, chagrin, pas verai? E 'm'acò Agueto reprenguè soun
obro.

Après la plueio de la niue, lou soulèu d'avoust èro que pu gai e pu
brihant. Un de si rai, travessant li fueio d'uno platano, pèr la fenèstro
garnido de ferre intravo dins l'ataié. La bacino de Babali n'èro tout
escandihanto; li bras nus de la chatouno à travers l'aigo semblavon
d'or; sa caro, aquéu jour, èro pu palo belèu que d'ourdinàri; aurias di
si grands iue pu dous, sa cabeladuro pu negro.

IVAN PRANISHNIKOFF

Partenço d'uno courso de biòu de la manado. — *Départ d'une course de taureaux de la manade.*
(Couleicioun de Dono Jano de Flandreysy.)

— Non, non, disait-elle, j'ai trop peur ; le bon Dieu me le demanderait que je n'irais pas ; laissez-moi tranquille : ici je suis mieux que nulle part.

— Oh ! cette Babali ! disaient les autres, qu'elle est simple !

Et elles se chuchotaient à l'oreille :

— Va, ce n'est pas de la cavale qu'elle a peur ; quelle sauvage !

Vers le milieu de juillet les courses s'arrêtèrent.

— Nous ne viendrons que pour Notre-Dame d'Août, dirent un jour les gardiens, et pour cette fois, quoique cela ne nous amuse guère, nous marcherons la nuit. Le quatorze, on fait courir à Saint-Saturnin ; nous prendrons ensemble les deux courses : en passant le matin, nous enfermerons celle d'Avignon ; et, s'il plaît à Dieu, à midi les taureaux de Saint-Saturnin seront dedans.

Au commencement d'août il ne fit que pleuvoir.

Dans la nuit du treize au quatorze il y eut un orage terrible.

Les ouvrières, ce matin-là, se dirent en se revoyant à la Tarasque :

— Les gardiens ont dû se mouiller !

— Peuh ! fit Augustine, ne vous inquiétez pas d'eux, ils connaissent cela, allez !

— Mon Dieu ! mon Dieu ! tue-la, Agathe, tue-la, cria tout à coup Babali, qui était encore à genoux devant sa cuvette, en montrant de son doigt fin une grosse araignée noire et horrible qui, sur la tête d'Agathe, grimpait à la muraille. Tue-la vite, tue-la !

— Et de quoi as-tu peur ? fit Agathe, tu ne crois peut-être pas qu'elle aille te manger ? D'abord, j'y passerais la première, puisque je suis tout contre elle..... Ah ! je comprends, dit-elle ensuite quand la bête fut écrasée : *Araignée du matin, chagrin*, pas vrai ?

Et Agathe reprit son travail.

Après la pluie de la nuit, le soleil d'août n'était que plus gai et plus brillant. Un de ses rayons, traversant les feuilles d'un platane, par la fenêtre aux barreaux de fer, entrait dans l'atelier. Le bassinet de Babali en était tout resplendissant ; les bras nus de la fillette à travers l'eau semblaient dorés ; son visage, ce jour-là, était plus pâle peut-être que d'ordinaire ; on aurait dit ses grands yeux plus doux, sa chevelure plus noire.

Tout-en-un-cop la porto se durbiguè; la vièio Rousoun, dóu lindau, sounè Agustino.

— Ta maire t'espèro, mignoto, vai-ié lèu que te vòu manda 'n quauque endré.

La chato beissè si mancho, prenguè soun faudau e sourtiguè 'n pau esfraiado que la sounèsson ansin à la subito.

Quand Rousoun rintrè, fasié 'no figuro tant longo que lis óubriero noun pousquèron teni soun rire.

— Hoi! regardo, à Babali venguè sa vesino, a pus qu'uno dènt, l'aurige i'a degu 'mpourta l'autro!

Li chato se revirèron pèr esclata d'aise.

— Ah! vai, cridè Rousoun, poudès bèn faire li folo, grand pau-de-sèn! Trufas-vous de iéu, qu'au-jour-d'uei es un jour pèr rire..... Se sabias dequ'es arriba!

— Dequé? venguèron tóutis à la fes en regardant Rousoun.

— Dequé..... Dequé?..... Quaucarèn de bravamen triste, anas, que n'i'aurié pèr ploura tóuti li lagremo de sa vido.

— Enfin, digas lou vite! faguèron.

— Eh! bèn, la Durènço èi grosso, coumencè la vièio, forço grosso: aquesto niue, dóu tèms de la trounado, en passant l'aigo sus sa cavalo, Varadet, lou gardian, que lou couneissias, Varadet s'èi nega!

S'entendeguè 'n senglut e lou brut de quaucun que toumbo. Li chato se revirèron: Babali, qu'èro restado proche de soun travai, tout-d'un-cop s'èro revessado. Lis autro l'environèron e ié vouguèron parla. Si maneto, enca bagnado, èron frejo coume lou glas; la brosso de cren que tout-escas sarravon si det avié 'squiha pèr sòu à soun coustat; sa fàci èro encaro apalido; si grands iue plen de lagremo semblavon pu vèire; soun sen boumbissié, aubourant lou fichu à ple e la crous d'or. Si bouqueto qu'avié fugido lou sang rouge un cop vouguèron boulega, e s'entendeguè que murmuravon: O bono Maire!..... O gràndi Santo!..... O Varadet!

Acò fuguè sa darriero preguiero. Jougneguè si maneto, soun sen boumbiguè plus, si labro se barrèron; si grands iue negre, d'entre si

Ivan Pranishnikoff

Cabanoun de gardian long de la levado de la mar (Camargo). — *Hutte de gardian le long de la digue à la mer (Camargue).*

(Couleicioun de Dono Ivan Pranishnikoff.)

Tout à coup la porte s'ouvrit; la vieille Rouson sur le seuil appela Augustine :

— Ta mère t'attend, mignonne, vas-y vite ; elle veut t'envoyer quelque part.

La jeune fille baissa ses manches, prit son tablier, et sortit un peu effrayée d'être appelée ainsi précipitamment.

Quand Rouson rentra, elle faisait une figure si longue que les ouvrières ne purent s'empêcher de rire.

— Oh! regarde, dit à Babali sa voisine, elle n'a plus qu'une dent, l'orage a dû emporter l'autre !

Les fillettes se retournèrent pour éclater de rire.

— Ah! va, cria Rouson, vous pouvez bien faire les folles, grandes nigaudes ! moquez-vous : aujourd'hui, il y a bien de quoi rire..... Si vous saviez ce qui est arrivé !

— Quoi ? dirent-elle toutes à la fois en regardant Rouson.

— Quoi ? quoi ?..... Quelque chose de bien triste, allez; il y aurait de quoi pleurer toutes les larmes de sa vie.

— Enfin ! dites-le vite, firent-elles.

— Eh bien, la Durance est grosse, commença la vieille, très grosse; cette nuit pendant l'orage, en passant l'eau sur sa cavale, Varadet, le gardien, que vous connaissiez, Varadet s'est noyé!

On entendit un sanglot et le bruit de quelqu'un qui tombe ; les jeunes filles se retournèrent : Babali, qui était restée près de son travail, s'était renversée tout à coup. Les autres l'entourèrent et voulurent lui parler ; ses petites mains, encore mouillées, étaient froides comme la glace ; la brosse de crin que ses doigts serraient tout à l'heure avait glissé par terre à côté d'elle; son visage avait encore pâli ; ses grands yeux pleins de larmes semblaient ne plus voir ; son sein bondissait, soulevant le fichu plissé et la croix d'or. Ses lèvres, qu'avait fuies le sang rouge, un instant voulurent s'entr'ouvrir, et l'on entendit qu'elles murmuraient : O bonne Mère !... O grandes Saintes!... O Varadet !

Ce fut sa dernière prière. Elle joignit ses petites mains, son sein ne bondit plus, ses lèvres se fermèrent; ses grands yeux noirs, entre ses

parpello pèr toujour abeissado, leissèron raia dos lagremo, de lagremo
d'adiéu; e Babali, la pichoto broussarello d'indiano, s'endourmiguè
dins lou meme rai de soulèu que poutounejavo, quàuqui minuto avans,
sa bello pèu e si chevu.

Dison que desempièi, souto l'oustau de la Tarasco, quand la niue èi
bèn sourno, s'ausis, dintre lou brut di gràndi rodo e lou murmur de
la Sorgo, uno voues qu'estoufegado pèr li senglut sono lou gardian
Varadet.

Avignoun, lou 27 d'Avoust de 1889.

ROUX-RENARD
Uno Countadino. — *Une Comtadine.*

paupières pour toujours abaissées, laissèrent glisser deux larmes, des larmes d'adieu ; et Babali, la petite brosseuse d'indienne, s'endormit dans le même rayon de soleil qui caressait, quelques minutes avant, sa belle peau et ses cheveux.

On dit que depuis lors, sous la maison de la Tarasque, quand la nuit est bien noire, on entend, dans le bruit des grandes roues et le murmure de la Sorgue, une voix qui, étouffée par les sanglots, appelle le gardien Varadet.

Avignon, le 27 Août 1889.

ROUX-RENARD
Uno Countadino. — *Une Comtadine.*

Ivan Pranishnikoff

Autounage en Camargo. — *L'automne en Camargue.*

(Couleicioun de Dono Ivan Pranishnikoff.)

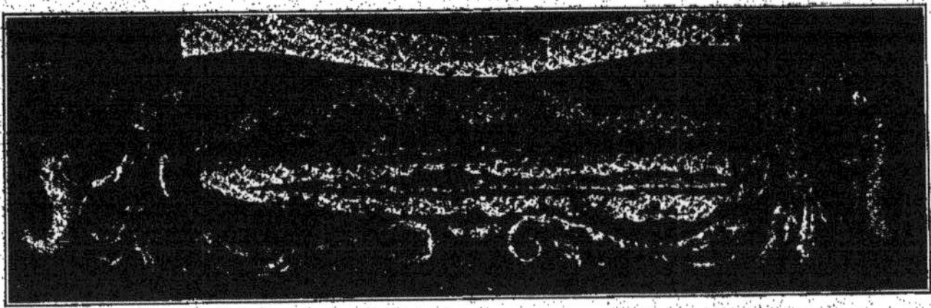

Note 1. — La *catalane* est une coiffe qui, comme son nom l'indique, fut apportée en Provence par les Catalans. Laure de Noves la portait. Elle l'a dans le portrait que l'on conserve d'elle au Musée d'Avignon.

Note 2. — Le quartier d'Avignon que l'on appelle le quartier des Roues a bien, en effet, un cachet exceptionnellement original et exotique. La rue des Teinturiers forme une sorte de quai à l'un des bras de la Sorgue, bordé d'un côté de vieux arbres, de l'autre d'antiques maisons, de chapelles et d'oratoires parmi lesquels la célèbre chapelle des Pénitents-Gris. Dans ce cours d'eau tournent, sans jamais s'arrêter, d'immenses roues de fer et de bois qui servent de moteurs aux fabriques de la rue.

Note 3. — L'*abrivado* est une sorte de prélude aux courses de taureaux. Une troupe de cavaliers entoure les bœufs sauvages et les pousse, ventre à terre, du côté de l'arène où ils doivent être enfermés. Ces poursuites durent toujours de longues heures à cause des incidents qui ne manquent jamais de se produire : les taureaux échappent, se dispersent, ou bien passent devant la porte du toril en refusant obstinément d'y entrer. L'*abrivado* est un des jeux les plus chers aux Provençaux ; c'est même pour beaucoup la partie la plus intéressante d'une course de taureaux. — *Abrivado* signifie : lancement, course folle, tourbillon.

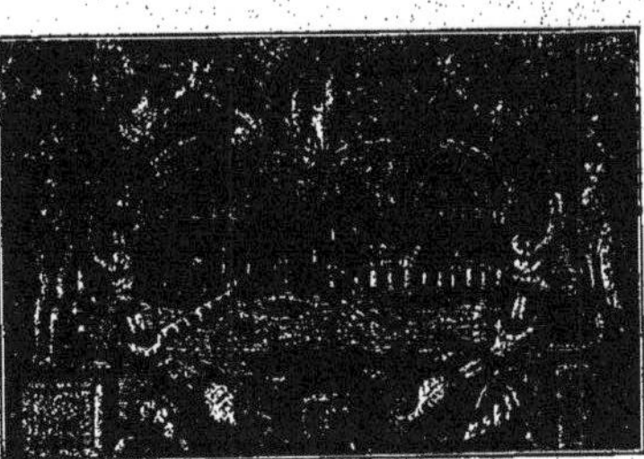

Acaba d'estampa lou 7 de Janvié 1910
*pèr A. Rey e C*ic*, à Lioun.*

Achevé d'imprimer le 7 Janvier 1910
*par A. Rey et C*ic
à Lyon.